KB082871

낙타처럼 울 수 있음에

담딘수렌 우리앙카이 지음 ｜ 이안나 옮김

아시아

이 책은 아시아문학페스티벌 조직위원회와 국립아시아문화전당이 주최하고 아시아문화원이 주관한
2017 제1회 아시아문학페스티벌 행사의 일환인 '제1회 아시아문학상' 수상작가 작품집입니다.

국립아시아문화전당의 지원을 받아 제작되었습니다.

제1회 아시아문학상 수상작가 작품집

낙타처럼
울 수 있음에

차례

낙타처럼 울 수 있음에

눈물은 – 열매!
내 눈을 덮고 자라는
이 '묽은' 열매는
풀밭에 서리발이 단단해져 오면
산딸기 열매처럼
툭-툭 떨어져 터진다!
초지와 물굽이의 마른 풀에 한기가 내리치고
호수와 연못의 고요 속에 폭풍이 울부짖기 시작하면
'눈물'-열매 맺힌 마음의 날개가
등잔불의 화염처럼 이리저리 흔들리고
벼랑을 두드리며 포효하는 바다물결 같은
혼란과 슬픔의 파도가 가슴을 부수고 일어선다!
마가나무의 엉클어진 잎사귀가 흔들대듯
그 '묽은' 열매도 흔들거린다
겨울 참새가 나뭇가지에서 힘없이 움츠리듯
가여울 만치 연약한 조국의
안쓰러운 대지에 터지며
뜨거운 내 온 마음의 날개를
그리스도의 손바닥, 발끝처럼
쾅쾅 십자가에 못 박는다!

웃음 같은 옛 사람의 삶에

웃음 같은 옛 사람의 삶에
눈물 같은 뜨거움이 있다!
내일 같은 가까움이 있다!
분명 다가올 죽음 같이
반복되지 않을 것이 있다!
눈물 같은 옛 사람의 삶에
소망의 꿈 같은 밝은 빛이 있다!
사랑 없는 사람에게 사랑을 상주는
보이지 않는 신의 축복을 발견한다!
잊히지 않는 원망스러움에
울음 없이 견디려는 순수함이 있다!

한스러움 같은 옛 사람의 삶에
보이지 않는 신 같이 분명한 것이 있다!
슬픈 오늘 같은 그런 날을
다시는 참지 않으려는
폭발하는 마음이 있다!

어제 같은

그제 같은

의미 없이 괴롭게 하는 긴긴 날에

결코 다시 살아남지 않으려는

저항의 몸짓이 있다!

그리고 진정 이런

어리석은 시를 쓰려고

다시 태어나지는 않으리!

웃음 같은 옛…

눈물 같은 옛…

원망 같은 옛…

보이지 않는 신 같은

인간 삶에

늘 '존재하지 않을 것' 같은

새로움이 있다!

'존재하는' 모든 것과

영원히 다른 것이 있다!

한 번의 생에 여러 번 죽는다

가을에
숲이 누렇게 변할 때마다 나는 죽는다
한 번의 생에 여러 번 죽는 것은
내게 모든 것 가운데 가장 힘든 일!
봄에
새로 돋은 풀이 향기를 발할 즈음
늙은 암소가 힘겨워 쓰러질 때마다 나는 죽는다!
차가운 한풍이 사납게 울부짖고
어린 나무들이 뿌리째 뽑혀 쓰러질 때마다
나는 죽는다!
잠이 덜 깬 몽골에서 멀리 떨어진
태평양 어딘가에서 배가 침몰할 때
얼굴 모르는 어느 누군가가, 어느 곳에서
가슴을 치며 서 있을 때
지도에 이름이 없는
더해도 더해지지 않고, 없애도 없애지지 않는
한 작은 섬에 땅이 흔들릴 때

더욱이-

먼 외딴 초원의 고요를

엽총 소리가 놀라게 할 때

나는 죽는다!

한 번의 생에 여러 번 죽는 것은

내게 모든 것 가운데 가장 어려운 일!

이보다 더 어려운 것은

한 번의 생에

오직 한 번 죽는 사람들과

날마다 함께 살아가는

너무도 끔찍한 일!

합쳐지지 않는 것

나는-
셀로판!
나는-
다른 이에게서 증발하는 찬미에도
　　　셀로판처럼
역사에서 피어오르는 망각에도
　　　셀로판처럼
반응하지 않고
불에 그슬려도
　　　타지 않는다!
물에-젖어도
　　　스며들지 않고
바람에-날려도
　　　끊어지지 않는다!

나는-
셀로판!

나를 부드럽게
썰고…
　　자르고…
　　　　　도막치고…
필요 없다고 버릴 수 있다

그러나
나를
나 외의 다른 것과
합치고…
　　묶고…
　　　　변화시켜…
다른 것으로 만들어낼 수 없다!

나를
창공에 띄우기보다
차라리 땅에 묻는 것이 낫다!
거기서 나는
굴대로 무엇을 누른
표도 흔적도 없이 숨어있는 자
땅의 눌림에도

인내와 절망의 경계에서
전혀 다른 자신의 구조의 '잘못'으로
별들의 반짝임과 맞먹는 세월을
견디며 보낼 것이다!

나는
셀로판!
잊히지 않는 영원의 바람에
꼬리와 갈기를 단단히 엮은
짙붉은 빛의 말
21세기로부터 남아
화학반응에 분해되지 않는
온전한 단 하나의 구조
완전한 단 하나의 증거

나는-
셀로판!

엘레지

초원에 흩어진 뼈처럼
언제도 서로를 감싸주지 못하고
서로 아파하는
뜨거운 슬픔의
텅 빈 세상에서
바람에 실려가고 있음을 생각하자
마음의 산에
새가 날지 않는다…

날이 차다!
오직
뜨거운 갈망이 가슴에
태양처럼 불탔지만
도마뱀처럼 꾸불꾸불한 혈관을 타고 흐르는
요란스런 '냇물'들은
산들이 미쳐버릴 듯한 붉은 '가뭄'에
줄지어 말라간다…

초원에 흩어진 뼈처럼

언제도 서로를 감싸주지 못하고

서로 아파하는

뜨거운 슬픔의

텅 빈 세상에서

바람을 거슬러 가려 애쓰며

새들의 울음소리를 마음에 지어 노래하게 하고

길 끝에 서서 이마에 손을 얹고 먼 곳을 바라본다

다만

한겨울

칠흑 같은 어둠 속에 폭풍이 몰아치고

숨은 차갑게 얼어붙는다!⋯

아! 세상이 이렇기에

소똥으로 불을 피워 손을 쪼이고

다시 저 먼 곳을 살피려

게르를 나와 달려간다!⋯

진실의 우물에

왠지… 왠지, 나는
눈 내리고… 이슬비 흩날릴 때
창으로 달려가지 않게 되었다!
갈매기처럼 켜지는 수은등이
수은등을 향해 보이며
째깍째깍 숨을 헐떡이고,
옷자락에 타오르는 불처럼
널름거리며 붉게 타는
검은 두 시계 바늘도
검은색으로 빠르게 달려간다
왠지 내 눈은
무엇에도 속아주지 않고
왠지 내 마음은
머리 위로 날갯짓해주지 않는다
돌은 그저 돌로 누워 있고
풀은 풀로 자라며
진실의 우물에 언젠가, 나는

끈이 끊어진 두레박처럼 떨어져버렸다!
발견되지 않는 진실을 찾아
이제 진실의 품에서
순결한 처녀에게 안기듯 안겨
마음껏 어리광을 부린다!
왠지, 이상하게 너무도 울고 싶다!
왠지, 바보 갈릴레이의 주장대로
세상은 도는 대로 돌고
눈은 눈으로, 비는 비로 적신다
왠지… 왠지 나는
포대기에 오줌을 싼 아이처럼
어찌 된 영문인지도 모르게 한참을 울어대며
기저귀를 갈아줄 때까지
모든 사람을 괴롭히고 싶다!

이상한 구조

마음은 흙처럼 흩어지고
눈처럼 내린다
몸은 사막의 작나무처럼 굳고
벼처럼 자란다
그렇기에
몸은 계절처럼 바뀌고
그렇기에
마음은 바람처럼 운다
둘이 똑같은
쌍둥이 아이처럼
하늘에 안겨
태양에 입 맞춰지고
둘이 똑같이
사람과 원숭이들처럼
폭풍에 휩쓸리고
한기에 몸을 에이며
바위처럼 깨지고

얼음처럼 녹는다

산과 산맥이 되어

초원을 높게 하고

강물이 되어

길을 막아선다!

비틀리고

곧고

감기고

우주적인

이상한 세포를 가진 몸

이상한 흐름의 마음

이상한 구조!

그렇기에

나에게 새보다 빨리 나는 것을 배우게 하고

맷돌에 부서지는 쌀과 함께 가루가 되는 것을 배우게 하고

저기 높이 날리는 깃발 같은 마음을

밀가루보다 부드럽고 눈보다 희게 피게 하는 것을 배우게 했다!

그렇기에

나를 시간보다 느리게 기어가게 하고,

그렇기에

나를 아인슈타인보다 멀리 생각하고,

땅 밑에서도 해를 들어 올릴 수 있는
마법의 힘을 갖게 했다!
이상한 몸!
이상한 마음!
이상한 구조!

자신에 대한 비평-찬시

발아래 파이는 땅이 측은해
'아, 가엾어라!' 하고 속삭인다
땅은 귀머거리처럼
아무 말이 없다!
아니면
(진실은 태양처럼 멀리 있기에)
그 말을 내가 듣지 못했거나
(아니면
이해하지 못했을지도 모른다)
그런데, 나는
조심할 일 가득한 세상-수레바퀴의
보이는 형상을 가진 동물 가운데
가장 귀머거리-인류 가운데
찾고 찾아 발견될
감각이 깨어 있는 유일한 사람!

마른 눈물

입을 열면 끝날 무시무시한 적막 속에서
신도 놀랄 만큼 큰소리로
첫 마디를 토해내는-마른 눈물!
숨소리도 들릴 듯한 고요 속에서
명치에 응어리진 비통함을
연인에게도 들리지 않게 가만히
안으로 흐느끼는-마른 눈물!
짐승과 인간 모두가 보았던
두려움 속에서
눈을 꼭 감고 싶은 어둠 속에서
믿을 수 없을 만치 강렬하게 불타는-마른 눈물!

말없이 견딘다

생명이 없는 듯 말없이 견딘다!
얼룩사자의 눈 같이 말없이 견딘다!
하늘 위로 점이 된 두루미 떼 같이 말없이 견딘다!
바다 밑에서 잠자고 있는 화산의 고요함 같이 말없이 견딘다!
울고 앉아 있으면, 옆으로
아이스크림을 핥으며 지나가고,
붉은 손으로 해를 안아가지고 와
발아래 쓰러져 무릎 꿇으면
발바닥으로 밟으며, 옆에서
내기와 도박의 이익을 이야기하며
웃으며 돈다
공룡의 '출토된 전시물' 같은 인류를
진정 원망하고 아파하며
사원의 첨탑 같이 말없이 견딘다!

수백 년이 흘러도
혀를 꽉 문 듯

이를 꽉 문 듯
어머니에게서 태어날 때
장님으로 태어난 듯
말없이 견디며 살아간다!!
그리고
허허로운 하늘에
점 같이 작은
노인들도 어린아이들도 고요로 싸서 숨기는
잿빛 먼지의 소용돌이
홀로 외로이 세상을
무시한 채 영원을 견디는
주검들처럼 일체 말없이
영원을 풍화시키며 서 있다!

두루미

수레바퀴 아래 짓밟힌 알이 산산이 부서져
깃을 붙이고 울며 걸어가는 푸른 두루미-나
오늘은 울창한 숲에서 사람을 두려워하며 숨어 있지만
내일은 사람 모습으로부터 도망쳐
제 알을 찾지 못하게 숨기는
눈물로 된 감각을 가진 사람-푸른 두루미!

해와 물과 함께

손바닥에
물이 방울져 떨어지는 것은
어린 아기 손이
뺨에 닿아
뜨거워지는 것 같다!

입에
물이 가득한 것은
연인의 순결한 입술이
입술을 감싸며
사랑이 타오르는 것 같다!

생명의 불등이
누런 불꽃을 발하며 꺼져가고
해와 물에
견딜 수 없이 마음이 이끌린다!

우물물이

어둠 속에서 반짝이는 것도

강물이

여울목에서 세찬 소리로 흐르는 것도

삶의 우렁찬 소리가

형체를 얻어

움직임에 머무는 것 같고

소리 없는 영혼이

소리를 내며

선율에 어우러지는 것 같다!

톨 강[1]의 화창한 수면이

맑디맑게 출렁인다

마음의 풀밭에 숨어 있는

꽃잎과 열매가

흠뻑 젖어들도록 눈물을 흘린다

한 모금의 물을 마시고 행복해하며

하늘을 향해 일어설 때

신의 뜨거운 눈물인

버드나무 숲의 이슬이

1 울란바토르를 지나는 강.

백발의 정수리를
시원하게 적시며 떨어진다!

생명의 불등이
누런 불꽃을 발하며 꺼져가고
해와 물을
견딜 수 없이 사랑한다

손바닥에
태양이 방울져 떨어지는 것은
어린 아기 손이
뺨을 어루만지는 것 같다
눈에
태양이 가득한 것은
순결한 연인의 입술이
입술을 맞는 것 같다!

말에게 물을 먹이다

새 한 마리가 기둥 위를 맴돈다.
무슨 일일까
  거북이가 기어가듯 한참을 맴돈다…
웬일인지, 말은
물 먹는 것도 잊은 채
  제 마른 재갈을 갉으며 깊은 생각에 잠겨
산꼭대기를 슬프게 응시한다…

새 한 마리가 기둥을 맴돈다…
새가 홀로 기둥을 맴도는 것은
땅에 자신의 날개를 잃어버렸기 때문…, 가엾게도
하루 종일 찾을 것만 같다.
애처로이 바라보며 함께 날고 싶어 하는 듯…

말의 뱃대끈을 느슨하게 풀며 휘파람을 불었다…
말은
샘의 여울에서

새의 그림자 냄새를 맡으며

내 마음의 끈을 찾는 듯

미적지근한 주둥이로 손바닥을 더듬는다.

죄를 쫓듯

내 눈을 깊이 응시하며

천천히… 우는 것 같이 천천히 히이-힝 하는 외마디 소리가

갑작스레 천둥이 내려치듯

마음의 숲에서 한참을 울리며 메아리친다…

그림자

오! 세상에, 이 얼마나 아름다운 그림자인가!
쓸쓸한 늦가을 뉘엿뉘엿 기울어가는
해를 향해 손 흔드는
한 그루 버드나무 그림자!

묵언의 두 마리 새

산중턱 위로 쌓인 눈이 녹기 시작하고,
이유를 알 수 없는 쓸쓸함이
마음 속 깊은 곳을 메운다.
강가 버드나무에 소리 없는 묵언의 두 마리 새
원망을 품었다 해도 한 쌍인 듯
즐거워한다 해도 한 쌍인 듯
서로를 향해 소리 없이 날아가는 것이
서로 만나기라도 할 듯
비껴가기라도 할 듯
보고 있자니 눈이 미끄러져 구른다…

화염 같은 나뭇잎

화염 같은
단 한 개 붉디붉은 나뭇잎이
가을바람에 떨어져
하늘을 향해 날아가고
나는 산기슭을 향해 내려가는
엇갈림

나무

나뭇잎의 아우성은 너의 말인가, 바람의 말인가?
가을의, 마음을 술렁이는 고요는 너의 침묵인가,
         자취가 끊어진 새들이 남겨놓은 여운인가?
두 살배기 낙타털 같은 가을 빛깔은 너의 색인가
         서늘한 비의 색인가?
너는 고통을 아는 사려 깊은 사람처럼 말이 없다

소리 없는 말을 귀는 듣지 못하고
심장과 눈만이 그 소리를 듣는다
너와 이야기하는 것이 힘들지만
어려울수록 바람은 더 커져간다

모든 것을 묻고 싶지만
물어도 너는 말이 없다
어린아이처럼,
아무것도 모르는 백치처럼,
모든 것을 깨달은 현자처럼
너는 물음에 물음으로 답한다

고향의 산들

매에게 쫓기는 새끼 종달새가
쐐기풀 아래로 숨어드는 소리에
태양을 어깨에 걸머진 소리 없는 많은 산들이
가을 나래새처럼 고개를 숙인다

나비

산의 남쪽 양지바른 곳에서
해를 쬐고 앉아 있는 나비가
엄지손가락만 한 작은 날개를 저으며
양분을 빨던 꽃을 두고
산 뒷목 바람에 실려 날아간다

온기 없는 하늘을 혼자 안고
무엇을 믿고, 하루를 거슬러 가느냐?
은혜가 넘쳤던 지난날의 연으로
위험이 가득한 미래는 축복이 있을까?

가볍고 사랑스런 날개의 힘으로
대지 위를 날아올랐지만
또 어느 곳에 가 내려앉을까

하늘을 따라 오를 날개 없는 나는
매서운 추위에 내려오는 너의 은신처가 되어주려
느릅나무처럼 무성하고 위엄 있게 서 있다

삶

별에서 쏟아지는 수정 빛이
하늘에서 도망쳐, 지상으로 숨어들기 위해
방울져 내릴 때
그 빛을 맞이할 꽃잎들은 이미 시들고
머리를 거꾸로 한 지구의
칠흑 같이 어두운 어느 협곡에서
나는 모든 성냥을 다 써버렸다…

개의 신음소리

초원에 쌓인 돌무지 아래
절뚝이는 개가 신음하며
제 다리를 핥는다…
바람은 소리가 없다!
마음의 갈피에
개의 신음소리가 감겨든다!
주위는
온통 평온하다!

비가(悲歌)

마르지 않고 남은 작은 개울물이
이상하게 너무도 고맙다
새로 돋은 두려움 모르는 어린 싹이
죽도록 고맙다
달리 고마워할 것도
이제 삶에 없다!
아, 잊을 뻔한
한 가지
죽은 이에게 고맙다!

눈과 흙… 나…

눈은

하늘의 하얀 눈물

흙은 - 갈색 눈물

둘은

밖으로 향한 눈물!

그런데 나는

보이지 않지만 색을 짓는 하늘의

색을 얻지 못한

안으로 향한 눈물!

시간-뱀

목마르도록 치게 하는 시간은-뱀
꼬리 위를 밟자마자
허물을 벗고 미끄러져 간다
마른 모래의 읊조리는 소리로
나는 갈증을 푼다
제 그림자로 '다리'를 만들어,
형체 없이 강가로 미끄러져간다

할미꽃

녹았던 눈이 밤새 다시 단단해지고
느릅나무 뿌리가 추위에 떨며 밤을 지내는
봄과 겨울의 경계
사랑스런 한 쌍의 푸른 할미꽃이
구렁에서 다소곳이 피어났네
"밤새 떨며 지냈을 거야, 가엾은 것
내 외투로 덮어줄까?
양지바른 산기슭이 녹는 것을 기다리지 못하고
어쩌자고 일찍 서둘렀을까!"
사랑스러움에 가슴 아파하며
"떨며 밤을 지냈니, 할미꽃아
내게 외투가 있단다!
내 숨결로 몸을 녹이겠느냐,
내 손바닥에서 추위를 피하겠느냐?"
구렁에 짝이 되어 피어난
한 쌍의 푸른 할미꽃에게 물었네.
"시인이신 당신의 따스한 말씀 고마워요
우리에게 보호와 자비는 필요치 않아요.

하늘 아래 피는 꽃들 가운데
우리는 인내의 본이에요
한기와 폭우가 온 얼굴을
사정없이 내리쳐도
행복이 부족하다 생각지 않아요!"
구렁에서 짝이 되어 피어난
두 푸른 할미꽃이 말했네
"양지바른 언덕이 많고 많을 텐데
모래로 덮인 구렁을 찾아
아, 너희들은 어쩌자고
이렇게 다투어 피어났느냐?"
구렁에서 나란히 웃는
두 할미꽃에게 물었네.
"따스한 바다의 아름다운 해변에는
부족한 것이 없지만
구름을 벤 눈을 붙이고
날개를 지치게 하며
하늘을 가득 메우고 날아오는
수많은 새들보다 뒤처지지 않으려고
언 땅을 들추고 나오려 애썼지요!
이 세상에서 우리는
단 며칠 동안 하늘을 보며
사랑스런 꽃잎을 피우고

살아갈 짧은 운명을 타고 났지요
다만 태양의 선두에서라면
손바닥만 한 땅에서 밖으로 나와
우리의 좋은 운을 즐기자
살아 있는 자의 눈을 기쁘게 해주자 하고
서둘러 피어났어요!"
구렁에 짝이 되어 피어난
한 쌍의 사랑스런 푸른 할미꽃이
서로의 몸에 기대며 말했네
"살아갈 운명이 짧다고
의기소침해 할 일이 무언가?
푸른 꽃잎이 마른다 해도
대지에 뿌리가 남는 법!
해마다 사계절 변화를
높은 운명을 가진 자만이 보는 것은 아니지
늘 연기가 자욱이 피어오르는 불씨에서
보는 동안 잠깐 반짝이다가
영원히 튄 불꽃은
그리운 마음에서 떠나지 않아…"

구렁에 짝으로 핀 사랑스런
한 쌍의 푸르른 할미꽃의
고운 꽃잎을 고이 쓰다듬었네, 나는

편지

봉투 가득 겨울이…

경계

인적 없는 곳…
담배연기가
외로운 두루미처럼…
고요의 문턱으로
뭉실뭉실 넘어간다

창에 이마를 대고
뜨거운 한숨을 내쉴 때
딱정벌레가 흙 묻은 것 중에
죽은 파리를 끌고 가는 것이
보인다…
반대편 건물 지붕에서
새가 떨어진다…
"아아! 떨어져 죽어버렸나?!"
가슴이 철렁
황망히 탄식하며
소스라친다…

잘못되었나!
민첩한 날개를 가진,
하늘 끈을 가진 새를
작고 평범한 자신과
같은 존재로 생각한다!
날개 달린 나의 벗은
얼마 안 있어
가슴을 땅에 박고 떨어져
흙에 입 맞추고
다시 하늘 당김줄로
가볍게 떠오른다…

인적 없는 곳!
담배연기는
외로운 두루미 같이 떠가고,
허기진 떠돌이 파리만이
적막한 방문을
두드린다…

세상의 미소

세상의 눈이 내게 보이지 않고
미소만이 보인다!
미소의 모습은
아지랑이로 스며들어가 버리고
그 자취는 무지개와 함께
그 그림자는 메아리와 함께 하나가 된다
세상의 미소는 늘
내게서 달아난다!
초지에서 풀을 뜯으며 가는 암소와
내가
힘들어도 애쓰는 한 가지는-
눈을 깜빡이지 않고 바라보는 것!
허리를 구부리지 않고 대지와 풀을 보고
늘 앞을 향해 바라보는 것!
달아나는 세상의 미소에
매달려 떨어지려 하지 않고,
남겨지고 버려져도

보내주지 않고 따라가

할 수만 있다면, 바로 앞에서 바라보는 것

저 너머에서 이리로

밖에서 안으로

달아나 사라지려는 순간

아지랑이로

그림자로

메아리로

스며들지 않게 바라보는 것!

가장 중요한 것은

망설임 없이 경이롭게 바라보는 것!

나의 몽골

수직의 하늘 아래
나의 몽골에서
할 수 있는 것은-
다만 이동하는 것!
초석을 놓은 집터도 없이
진흙과 늪에 빠지는 날
구원을 찾을 신도 없이
근육이 약해진
황소와 말을 채찍질하며
'이랴, 이랴' 큰소리를 외친다!
위에 있는 것은 아래로
뒤에 있는 것은 앞으로 나오며
세상은 돈다…
다시 또
나의 몽골은
세웠던 것을 내려 싣고
'지난 것'에서

'지나갈 것'으로
하루도 쉼 없이 이동한다
바람이 차다…
그림자가 길어지고
이동은 계속된다…

몽골 돌

소똥 같이 푸른 돌…
이 돌은-시간보다 오랜 돌!

빛처럼 환한 돌…
이 돌은-신보다 흠 없는 돌!

눈물처럼 말없는 돌…
이 돌은-언어보다 진실한 돌!

아이의 숨결처럼 사랑스런 돌…
이 돌은-아들의 숨골보다 여린 돌!

인간의 머리처럼 값진 돌!
이 돌은-몽골의 돌!

모든 길은 굽어 있다

하늘이 휘어지도록 펼쳐진
별, 천체의 길은-
마치 나의 길처럼
끝과 끝이 교차하는
말의 발자취를 그리며 돈다

빛의 속도가
마음과 경주할 때도
게르가 되어 둥글어지고
환한 빛이 둥근 벽채가 되어 돌며
마치 나의 길처럼-
조금씩 조금씩 굽어진다

나의 사랑도-
바위를 입 맞추고 둥글게 도는
천신의 바람의
보이지 않지만 들리는 회오리처럼

굽어 있다!

나의 행복도-
골짜기와 굽이가 많은
산과 산맥을 넘어 넘실대는
물 많은 강줄기처럼
굽어 있다!

의미가 모호한
시의 쟁론도
가파른 벼랑을 거쳐 무리에서 뚝 떨어져
자취 없이 사라지는
야생영양의 뿔처럼
굽어 있다!

아버지처럼 뺨을 때리는 세상의
앞뒤에서 진드기처럼 매달려
잘난 모든 이와
어깨를 나란히 하려고 불타올랐던
삶의 불꽃도-
사막의 작나무 뿌리처럼

구부러져 있다!

아, 굽어지고 굽어져 끝에는
반드시 집의 문을 당기게 하는
모든 길은-
나의 길!
나는-
행복의 긴 굽이에서
목적하는 것마다 곧은
언제나 직선 길

회의

구멍 안쪽 깊은 곳에
해가 비칠지도 모르고
총에 맞아 죽은 늑대가
새와 함께 날지도 모른다
관목과 동산 위로
굶주린 개미가 달려가면
잠들어 있는 해저에서
땅이 흔들릴지도 모른다
모든 것은 진실이
거짓일지 모른다!
죽은 사람이
말을 듣지 못하는 것은
거짓일지 모르고
운명의 덫에서
세상이 빠져나가지 못하는 것은
거짓일지 모른다
횃불 같은 누런 태양이

세상을 따뜻하게 하는 것은
거짓일지 모른다
연꽃 같은 세상이
태양을 도는 것은
거짓일지 모른다
모든 것은 옳은 것이
그릇된 것일지 모른다

그만큼의 거짓, 그만큼의 진실

산이 아무리 짙푸르러도
그만큼 거짓
말이 아무리 차디차도
그만큼 뜨거운 것!

하늘이 아무리 푸르러도
그만큼 텅 비어 있고
바다가 아무리 깊어도
그만큼 가득한 것!

차이

미래
다가오는… 눈을 부시게 하는 멀리 보이는 모습일 뿐-
동굴에 소리 없이 숨어 있는 여우의 숨 같은 것!

나…
아주 어린 시절부터 겁 많은 용사!
적을 향해 쏜 화살이 적을 죽이지 못해도, 피하지는 않는다!

차이…
생각해보면, 인간이라는 것은-태어나고 죽는 신(神)
울고 싶도록 안타까운 것은-존귀함 없는 치졸한 존재인 것

사이의 끝없음

세상이 비록 넓디넓어도
양극 사이
하루가 짧다 해도
낮과 밤 사이

생명이 비록 값지다 해도
태어나고 죽는 사이
동물이 수없이 많아도
하나에서 영 사이

구름이 비록 흐려도
피어오르고 흩어지는 사이에
진실이 밝다 해도
잊고 기억하는 사이에

뿌리가 비록 보이지 않아도
빛과 어둠 사이에
죽음이 분명해도
존재하고 존재하지 않는 것 사이에…!

영감(靈感), 그물에 걸린 자유

시가 되는 영감은 그물에 걸려 있는 자유이다.
삶과 감각을 언어로 표현한다는 것은
언어를 그물에 걸리게 하는 일
그런데 그들은 그물에 걸린 채 하늘을 날 수도 있다.

어떤 새인지 모른다!
어떻게 가까워지고
어떻게 멀어지는지 나는
　　　알지 못한다
그것을 감싸 안은 채
심장의 박동이
폭포처럼 쿵쾅거렸지만
나는 주검처럼
움직이지 않는다!
어쩔 도리 없이
진실한 새
이상한 용기를 가진

겁쟁이 새가

내게 안긴 채

나를 파도처럼 물결치게 하며

내 안으로 날아든다!

왜?… 무엇 때문에?… 언제?…

그 무엇도 나는 알지 못한다!

철없는 것!

방향을 잃어버렸던 걸까!

태양 잎을 물고

무지개 파문에 젖어

바람의 한가운데를 가로질러

그림자와 빛을 쫓으며

세상의

위로… 아래로…

수없이 이리저리 날아다니다

나를 보자마자

날아가는 것도 잊고

그냥

나를 향해 떨어져버렸다!

나는-그물!

연민의 그물!

'깃이 더러워졌을지도 몰라,
날개에 흠이 생겼을지도 몰라!'
보통의 눈을 가진 목자이지만
물고기처럼 새를 뚫어지게 응시한다!
들려지지 않지만
가볍고
고통이 있지만
기분 좋은-
운명의 새
하늘을 잊고
아마도
저 먼 곳의 제 나라가 텅 비자
내 품의 그물에 걸려들기 위해
내 가슴에 떨어진 게다!
원할 때 언제나
날아갈 수 있지만
좋아서 '그물'을 선택한-
고집스런 자유!

하얀 예감

구두 목 위로 작은 벌레가 기어간다…
짧은 다리를 꼼틀거리는 것에
사념이 맴돈다…
느닷없는 시선의
흰 '날'이
바람을 가르고
얼음같이 차가운 자취를
웃음으로 녹인다…

날아간 새는…, 새 아닌 새…

1
날아간 새는
어디로도 날지 않고
어디에도 이르지 않는다
날아왔던 길을 다시 접어
오지 않았던 길을 줄여 되돌아간다!

2
날아간 새는
어디에도 가지 않고
시야에서 모습이 사라지지만
어디에도 이르지 않는다!
다만
내 눈 속에서 날갯짓하고,
심장 박동의
느리고 빠른 것을 잰다!
('헤아린다'고 할 수도 있다!)

3

날아간 새는

어디로도 날아가지 않고

어디로 가는지도 알지 못한다

다만

내 가슴 속을 맴돌며

언어의 진실의

수명을 헤아린다!

('길고 짧은 것을 잰다'고도 할 수 있다!)

4

저 깊은 곳에 하늘이 푸르디푸르다…

그곳에

푸르게 보이는 것은 아무것도 없다!

텅 빈 것 외에 다른 것은

모두 있지만

텅 빈 것은 존재하지 않거나

아니면 발견되지 않는 것처럼

그곳에서는

아무것도 마주치는 것이 없다!

그런데…!

5

그런데,

나는 그곳으로 간다!

아무것도 보지 않은 채 상념에 잠겨 가서,

저 너머로

날아간 새처럼 쓰러진다!

그런데,

나는 새 아닌 새!

오래고 오랜 옛날로부터

그곳에서 이리로 날아왔다가

다시 또

이곳에서 그곳으로 날아간

돌고 돌면서

수레바퀴처럼 둥근 날개가 자란

새 아닌 새!

한 줄의 시

인간의 눈물은-한 줄의 시
소망을 태우고 떠나는 시간 열차는
한 줄의 시
연인을 그리워하며 외로워하는 마음은-한 줄의 시
먼 곳으로 떠나보내고, 어둔 밤 뜨거워지는 건강한 육체는-
한 줄의 시
인간의 인내와 비애
붉은 심장의 서리, 마음의 천둥 번개는
청동기, 전자시대 그 언제라도
한 줄, 단 한 줄의 시

저는 진정

일. 을지투그스에게

어머니, 저는
양지바른 언덕의 고요 속에서
당신을 불러
땅에서는 보이지 않는 천국에서
오직 한 번 당신을 모셔오고 싶습니다!…
다시 당신의 자식이 되어
이 시인 같은
진정 부러워 죽을 만한 시를 쓰는
위대한 시인의 운명을 점지받기 위해
다시 한 번 태어나고 싶습니다!
창공에 태양이 누렇게 물들기 시작한
세월을 되돌려
신의 손으로
돌아가고 싶습니다!
세상에

첫째 날이 시작되지 않고
어둠이 여전히 꾸벅꾸벅 졸며
저를 기다리라 하십시오!
전 진정 부럽습니다!
물로 가득한 이 세상 품에서
자라난 대지를 껴안게 하고
흐름이 없는 듯 멈추어버리는
알지 못하는 '중력'을
저는 진심으로 지우고 싶습니다!
가슴에서 날아간 새가
가슴에 알을 낳고
바위 같은 마음의 벽이
언어의 눈물에 무너지는
닳지 않는 진실을 사람들이
영원히 진실로 여기는 것이 두렵습니다!
저는 진정 부럽습니다!
어머니, 저는
양지바른 언덕 평온한 고요 속에서
오직 한 번 당신을 불러
괴롭혀 드리고 싶습니다!
아니, 아니! 듣지 마십시오!

주인이 분명해져버렸으니
다시 태어나는 귀한 인간의 운명을
다시 신에게 구하고 싶지 않습니다!
이 시인 같이
부러워 죽을 만한 시를 쓰는
시의 주인이 되지 못할 바에야
다시 태어나 무엇 하겠습니까?

고요를 듣는다

구름 모양처럼 일정하지 않은
순간 스쳐가는 시의 귀로
하늘도 하늘보다 아끼는 고요의 소리를
바다 폭풍 가운데서도 이따금씩 듣는다
언어에 진저리 난 삶의-징 박은 발굽
정오의 그림자 같은 잠시의 소란을
쓸쓸한 잿빛 가을 저녁
암소가 제 송아지를 데리고 가듯
마음의 줄에서 끊어내
다시는 돌아오지 못하게 쫓아버린다!
아, 시의 가뭄에 마른 이들아!
제 운을 서둘러 탓하지 마라
소리가 끊어지는 침묵의 말을
내 너의 귀에 분명 들려주리니!

들녘에 흩어지는 안개처럼…

들녘에 흩어지는 안개처럼

헛된 시간이 흘러가고 오래지 않아

죽음과 같은 진실과 함께

웃음과 같은 이별과 함께

늙어간다, 나는!

모래에 떨군 눈물

나비에 붙인 시-

물가에 넘쳐흐르는 물결 같이

힘은 마음속 언어들뿐

호랑이에 삼켜진 영양 같이

형체와 소리가 사라지지 않고,

차가운 흙과 혼례를 치룬 후에도

사람 곁에서 떨어지지 않으리!

죽음보다 앞선 진실처럼

웃음보다 앞선 슬픔처럼!

밤

세르게이 예세닌에게

바람이 조는 순간
무성한 관목 그림자가 말처럼 보인다
생각일까 사실일까, 알 수 없다
달의 눈물이 뺨을 적시며 굴러 내린다
암소들이 자면서 되새김질 하고
구름에 숨어드는 별들 속에서 풀을 뜯으며 꿈꾸듯
가죽부대 같은 배를 꿈틀거리며
푸푸- 힘겨운 숨소리를 낸다
때때로 바람이 깨어나
암소의 털을 풀처럼 일으켜 흔들고
안개 서리고, 그림자 진 마음에
잠시 잊고 지냈던 기억을 이리저리 흔들어 깨운다
바람이 조는 순간
무성한 관목 그림자가 나인 듯
생각일까 사실일까, 알 수 없다
사라스와띠² 여신의 발이
풀에 내려앉는 듯한 소리가 들린다…

2 예술과 학문 등을 관장하는 힌두교의 여신.

따가운 하늘

가을의 따가운 하늘은
나와 소리 없는 침묵으로 이야기한다
이 하늘에 정든 자는
하늘을 영원히 잊을 수 없다
산과 산을 껴안으며
황망한 두루미가 울며 맴돌고
물에 마음이 끌려
울기 잘하는 원앙도 울며 맴도는
그런 하늘을 본 자는
결코 하늘과 서먹하게 지낼 수 없다
옛이야기와 예감을 사실이라 믿고 싶고
죽는다는 것은 거짓이었으면…
이 따가운 하늘 아래
어머니에게서 탯줄을 끊고 나와
'무엇을 해드렸나…'
제일 먼저 가슴이 선뜩해진다

늙은이 가슴의 새

날개 빠른 새들을 버려두고, 너는
도망치듯 내게로 날아오는 것은 무엇 때문인가?
바닷가 양지바른 곳의 제 무리를 떠나
늙은이 가슴에 내려와 깃드는 것은 무엇 때문인가?

한 국자 진한 차를 마시고
얼굴에 땀이 흐르는 것을 보아 어쩌려고?
무성한 나뭇잎이 시간의 끝에서
처연히 땅에 내려
낙엽을 베고 눕는 것을 보아 어쩌려고?

울먹이며 껴안을 때, 작은 새야
'멀어지라!' 하지 않는 세상이란다!
자다가 깨어나 회한에 젖는 날
'아!' 탄식하지 않는 삶이란다!

연민

이상하게 구부러지고… 흐릿한…
저주에 익숙해진 이 삶 속에서 난
스스로 "어쩌지!" 하고 겨우 살아가지만
보살핌을 바라는 가엾은 이들에게
손을 내밀려는 생각에
다섯 손가락에서
오 대륙을 자라게 한 손을
사방으로 펼쳐 뻗고…
뻗고… 뻗지만…
고개를 든 사람이 여전히
여기도… 저기도…
아무 데도 없다!

기도

손에 닿을 듯 가까이 보이는 하늘 위로
애타게 뻗친 황망한 손 같은 나의 언어가
자주 진실을 잊어버리는 많은 이의 기억 속에서
오늘은 즐거움처럼 빠르게 지나가도, 후에
아, 고통처럼 영원히 기억되어 남기를!

새에게 한 말

혼자 날아가는 새에게 :
대지로 내려오라, 외로운 작은 새야!
혼자 날며 세상을 감당하는 것은 힘든 일!
나는 날개가 없어도 너의 반쪽!(같은 혼자!)
땅으로 내릴 때는 하늘을 나는 것보다 힘든 일!(벗해 함께 날자!)
온 세상에 짝 없는 외로운 혼자들 가운데
진정 짝 없는 단 둘의 혼자는-우리일지 모른다!

둘이서 날아가는 새에게 :
짝이 되어 날아가는 연약한 새들아
세상은 끝이 있어도 다함이 없으니
서로 떨어져 가지 마라!
산에 내려도, 물에 내려도
같이 날아와 지내렴!
붉디붉은 해가 걸려 있는 하늘은 대지보다 차니
서로 다른 곳을 향해 날지 말거라!

세 번 부른다, 연인아

먼 숲의 바람이 제 향기를 잃고
사랑하는 새들이 서로를 향해 울던 가을 저녁
다가오는 가까운 미래의 이별은 진실
천둥 번개가 번쩍이며 가슴을 살핀다
다이아몬드 같이 단단한 마음의 심지가 꺾이고
내리쬐는 태양의 순환이
그림자를 털어내지 못하고
선율이 마른 텅 빈 가슴의
주인 없이 빛바랜 현에서 화음이 울리는 것을 들으며
너를 부른다, 연인아!

어머니가 자식을 보살피다 떼어놓아도
은혜를 베풀 때 손을 거두지 않는
자애롭고 복된 세상의
믿음직한 산등성이의 양분이 줄어들며
떨어지는 나뭇잎의 수대로 이별에
퇴색해 가는 나무들 가운데

마지막 잎이 바람에 떨어지고
태양이 더듬어 따스하게 데우는 강물이
잠시 흐름을 멈추는 것을 느끼며
너를 부른다, 연인아!

인적 없는 높은 산등성이에서 달려온 늙은 사슴이
눈 덮인 산마루에서 곱드러지며 제 몸을 가누지 못하고
시간의 진애에 눌린 가슴을
뿔 밑에 받쳐 들고
메아리가 흩어진 젊음의 패기를
갈망하고 회상할 여유도 없이
슬픈 눈을 뜨려 해도 뜨지 못한 채
산그늘에 더위를 식히고 있는 것을 보고
너를 부른다, 연인아!

어여쁜 너를 꿈에서 만나

어여쁜 너를 꿈에서 만나
마음을 속이는 공연한 순간을
지금도 나는 아끼고 사랑하며
오랜 세월 숨기고
살아가는 것을 너는 알지 못한다!

철없던 어린 나이에 용기가 없어
말없이 따라가다 운명의 벌어진 틈새로
세상의 양극처럼 서로 멀어져 길을 잃어도
자취 없는 꿈을 소중히 하며
살아가는 것을 너는 알지 못한다!

말 울음소리

게르 뒤편 한 마리 구렁말이
숲이 메아리치도록 히이힝- 우는 소리가 들린다!
아, 무리에 없는 한 마리 말을 그리워하며
짐승의 맑디맑은 눈에 눈물이 가득하겠지!
거칠고 고된 세상에서 나도
때때로 홀로 외로워 울며 지낼 때
말이 되어 어느 누군가를 향해
산이 흔들거리도록 큰소리로 울고 싶다!
곧 세상 삶에서 벗어났으면!
수많은 무리 속에서 부대끼며 살아가도
애수의 가락으로 가을 나래새 머리끝에 머문
슬픔으로 한숨을 내쉰다
아, 어느 인적 드문 곳에서
어느 누가 나의 부재로 외로워하며
말이 되어 숲이 메아리치도록 큰소리로 우는 것을, 나는
마음속 그리고 꿈속에서 뚜렷이 들었기 때문이다!

너를 꿈꾼다

호수 물결이 원앙에게 자장가를 불러주듯
너는 내게 자장가를 불러주고
뜨거운 나뭇잎 같은 손바닥으로
내 볼을 어루만졌네!
나는 너를 꿈꾸고
늘 꿈꾸네!

여름 무지개가 산을 에워싸듯
너는 나를 끌어안고
정갈한 석류처럼
내 가슴에 깃들였네!
나는 너를 꿈꾸고
늘 꿈꾸네!

은은한 달빛에 샘물이 흔들리며 반짝이듯
토끼 새끼 같이 잘 놀라는 물기 가득한 눈
장미 같은 입술로 내 귀에
"그리울 거예요!" 하고 속삭였네!
나는 너를 꿈꾸고
늘 꿈꾸네!

비

칠흑 같은 어둠…
잠을 설친다…
비가 쏟아지고
건물 지붕이
이야기를 시작한다
어느 곳엔가 한 그루 나무에
까마귀가 젖은 날개를 접고
어느 누군가처럼
고독을 쪼이며 앉아 있는 것이
상념에 그림처럼 떠오른다
나는 눈을 감고
빗방울을 헤아린다…
"하나… 둘… 셋… 열…
백… 이백… 삼백…
천… 이천…!"
비가 쏟아지고…
새벽이 밝아오지 않는다

나는 눈을 뜨고

빗방울을 헤아린다!

"백만… 이백만… 삼백만…"

'죽은 뒤에도 내가 하는 일-

빗방울을 헤아리는 일이 계속될 거야' 하고

마음속으로 생각한다…

비가 쏟아진다…

"천만… 이천만… 삼천만…"

칠흑 같이 어둡다!…

후회가 없으면

후회가 없으면 평생 더 나아짐이 없고
화합하지 않으면 힘에 끝이 없다
가면을 쓰는 것으로 사자를 놀라게 하지 못하고
각다귀가 윙윙대는 것으로 먼지를 일으키지 못한다!

답 없는 물음… 우습지 않은 웃음

어린 싹이 바위를 뚫고 고개를 내밀었으면서도
산들바람이 살랑거릴 때면 어쩔 줄 모르고 허둥대며
몸을 가누지 못하는 것은 무슨 이유 때문일까?
스스로에게 수없이 물으며
깊은 생각에 잠겨 답을 찾고 찾아 헤매다
어느덧 인생의 산
가파른 벼랑 위에 올랐네
낮은 곳으로 돌아갈 발자취도 없이… 선바위 끝에서 머뭇대며
패랭이꽃처럼 걸터 서서-이제 지난 것을 생각하니
답 없는 물음, 우습지 않은 웃음이었을 뿐!

감각

뻐꾸기 우는 소리가 끊어지자
세상이 죽은 것만 같다!
나는 살아 있음에 놀란다!
재잘대는 나뭇잎 소리가 끊어지자
하늘이 숨을 멈춘 것만 같다!
나는 살아 있음에 회의한다!
고요와 이별하는 소리도
소리와 헤어지는 고요도
나로 끝나는 연속처럼 생각된다!

봄을 기다리는 연못의 갈대

어느 곳의 '나'와 '너'는
봄볕을 참을 수 없이 기다리는
얼어붙은 연못의 '갈대'!
겨울 해처럼 흘러가는 삶 속에서
아침에 깨어나 봄을 기다린다!
날마다의 기다림!
기다리기 힘든 희망의 봄은
기다리고 기다리게 하다, 어느 날 온 것은
지난해의 봄!

겨울, 두 마리 까마귀

눈이 흩날리는 강굽이에서
두 마리 까마귀가 날갯짓하는 것이
하늘의 것인 듯, 땅의 것인 듯!

눈 위를 건너가는 양 가운데로
까마귀 두 마리가 굼실대듯 몸을 흔드는 것이
흰 것인 듯, 검은 것인 듯!

셀렌게 강

셀렌게는 멀리멀리 흘러

북극에 이른다

북쪽 얼음바다의 흰 새끼 곰

나의 마음처럼 희디흰 사랑스런 새끼 곰이

셀렌게의 얼음 위에서 걸음마를 시작하고

셀렌게는 히말라야 정상에 눈이 되어 내린다

셀렌게는 사막에서 야생마의 주둥이를 즐거이 까불대게 하는

샘물이 되어 고인다

셀렌게는 아프리카 정글의 작은 새끼 새의

날개 위에 비가 되어 떨어진다

셀렌게는 세계를 돌아 흐르고

셀렌게는 나를 돌아 흐른다

떨어진 나뭇잎, 죽은 새의 영혼

떨어진 나뭇잎은-죽은 나뭇잎
초원의 회오리바람에 도는 것은-하늘의 품에서 불을 켜는 것

죽은 새의 영혼은-제 몸을 땅에 버리고
인과의 흰 발자취로-창공을 나는 운명을 얻어
내게 길을 가리키는 듯-나와 짝이 되는 듯

삶

새가 지상에서 서둘러 날아오르는 것을 보고
폭포가 높은 곳에서 날듯 떨어지는 것을 보고
멀리 작은 민둥산에 희뿌연 비가 내리는 것을 보고
겨울 추위에 몸을 떠는 나뭇가지에
황금빛 아침 햇살이 비추는 것을 보고
길모퉁이에서 나를 향해 손 흔드는 너를 보고
서로를 향해 정신없이 달려가는 것-
그것으로 족하다!…

하늘을 향해 서둘러 날아간 새가 땅에 내려와 머물러 있는 것
을 보고
높은 곳에서 떨어진 폭포가 강가에 회향풀을 자라게 하는 것
을 보고
멀리 작은 민둥산에 내리는 비가
나를 향해 쏟아질 듯 세차게 내리는 것을 보고
겨울 숲 차갑게 언 나뭇가지에서 어린 싹이
기지개를 켜고 얼굴을 내미는 것을 보고

길모퉁이로 사라져 버릴 듯하던 네가
나를 향해 돌아서는 것을 보고
더는 가지 못한 채 다시 달려오는 것을 보고
서로를 향해 정신없이 달려가는 것-
그것으로 족하다!···

자괴(自愧)

스스로를 부끄러워하며
꿈꾸고 싶지 않은 수없이 많은 기억들을 '태운다'!
어제의 먼지 폭풍을 거스르며
홀로 외쳤던 것의 아픈 대가를 태우고
오늘의 숨 막힐 듯한 고요 속에서
입을 다문 채 견뎌온 잘못을 태운다
말없이 제 눈을 한참 응시하며
살에 새 언어를 선연히 새겨 넣고
결코 잊지 않기 위해 되뇌고 또 되뇌인다

스스로를 부끄러워하며
다시… 다시
알려지지 않는, 보이지 않는 '나'를 창조한다!
말없이 붉은 얼굴을 한참 뚫어지게 응시하며
예전의 것보다 더 새로운 언어를
피부 깊이 깊이 새겨 넣는다!
다시… 꿈꾸고 싶지 않은 많은 기억들을 태운다!

다시 태어나고…

아주 높은 곳에서 어머니에게 내려와

다시, 다시 태어난다

아주 멀고 높은 곳에서 떨어져 내리려 다시 길을 떠난다!

하나의 혹성,
자연의 관조를 통한
예지와 통찰, 자유의 새

이안나

데. 우리앙카이는 불교의 선적 세계와 도교적 자연철학, 전통적인 유목민의 정서에 기초해 인간 심성과 삶의 이치를 깊이 통찰하고, 이를 자신만의 색채로 작품세계에 투영시킨 철학적 명상 시인이다. 몽골 문인들은 그를 '하나의 세계'라고 부른다. 다양한 장르와 독특한 창작 기법, 여러 사상 등이 그의 작품세계에 어우러져 있기 때문이기도 하지만, 그의 문학 및 정신세계가 시대의 양심, 정의의 목소리로 몽골 사회 속에서 특수한 지성의 한 영역을 차지하고 있기 때문이기도 하다. 그의 저서 중에 『'우' 혹성, 교차하기-Ⅱ』라는 제목의 시집이 있는데, 그는 '우' 혹성에 대해 "무한한 우주에 자신의 궤도로 순환하는 작기도 하고 크기도 한 천체"라고 말한다. 여기서 '우'란 시인의 이름 '우리앙카이'의 이니셜 글자인데, 그가 자신을 하나의 혹성으로 이른 것은 시인의 삶과 정신적 세계가 어느 누구와도 닮지 않은 자신만의 고유한 궤도를 이루고 있음을 말해준다. 이 혹성은 삶의 근원적 문제를 해결하지 못하고 에고의 감옥에 갇힌 몽매한 지구적 존재들을 깨우치려 우주 저편에서 이 지구, 그 가운데 몽골로 내려온 정신적 구루, 현자가 아닐까.

그는 1940년 몽골 중부 볼 강 아이막 온트 솜에서 태어났다. 그의 집안은 샤먼 가계로 할아버지는 씨족의 마지막 큰 무당이었다고 한다. 집안 내력 때문인지 아버지 담딩은 자식을 얻지 못했고, 양자로 들인 자식들도 모두 잃고 만다. 그러던 어느 날 어머니 꿈에 흰 수염의 한 승려가 나타나 아들이 생길 것이니, 아이에게 '우리앙카이'라는 이름을 지어주라고 했다 한다. 오래지 않아 어머니는 태기가 있어 아들을 낳고, 꿈속의 승려 말대로 '우리앙카이'라는 이름을 지어주었다고 한다. 이러한 내력 때문인지 그는 어려서부터 다른 아이들과 어울려 지내기보다 하늘과 초원, 가축, 새, 꽃, 물, 계절 등에 깊은 관심을 갖고 자연과 더불어 자신의 내면세계 속에서 성장하게 되는데, 이러한 성장 배경은 그의 시세계의 바탕이 되고 삶 전체를 지배하는 한 기질을 형성한다. 시인의 사물을 보는 예지력과 비상한 통찰력은 아마도 그의 집안 내력과 무관하지 않은 듯하다.

그는 25세 되던 해 러시아에서 경제학을 공부하고 돌아와 국가 기관에서 오랫동안 일하게 되는데, 이러한 경력은 그의 현실 비판적 시각에 적지 않은 영향을 미친다. 1968년부터 창작활동을 시작해 1978년 러시아 고리키 문학대학에서 문학수업을 받음으로써 그의 삶은 문학으로 확고히 전향되고, 러시아 문학 및 서양 문학의 대양 속에서 문학적 안목을 폭넓게 확장시킨다. 그는 일반적인 창작활동을 넘어 불교철학과 선(禪)의 세계에 깊이 천착하여 점차 이를 자신의 시세계에 접목시키고, 다양한 창작기법을 쉬지 않고 모색하여 자신만의 시세계를 발전시켜 나간다. 그는 불교뿐 아니라 기독교에도 깊은 관심을 기울여, 그 속에 깃들인 사랑과 자비, 불의에 대한 항거를 시세계와 현실세계에 적용해 나가는 실천적 문인의 삶을 견지해 왔다. 그러나 그의 이러한 다종교에 대한 수용적 태도, 특히 예수에 대한 믿음과 그에 대한 시는 그의 벗으로부터 공격을 당하고, 의절하게 되는 동기를 제공하기도 한다. 하지만 그의 다종교의 포용적 태도는 종교적 이념과 아무 관계없는 진리와 인간에 대한 사랑에서 비롯된 것이다.

그는 90년대 몽골 젊은 문인들의 시 개혁운동을 주도한 문학단체 〈비슈비〉의 한 기수로서 새로운 시대에 요구되는 새로운 창작방법 기틀을 마련하는 데 큰 역할을 한다. 또 현실적으로 정치적인 무질서와 부정에 대해 정치인들을 신랄히 비판하는 글을 잡지나 신문에 서슴지 않고 쓰고 말하는, 시대의 양심이 되어 왔다. 그의 시 작품 속에는 유독 눈물이 많이 표현되는데, 그것은 시인의 여린 감상에서 비롯된 정서가 아니고, 인간의 그릇된 욕망과 사회의 부정을 고발하며 거기서 돌아서야 한다는 간절한 외침이 받아들여지지 않는 현실에 대한 아픔의 표백이다.

눈물은-열매
내 눈을 덮고 자라는
이 '묽은' 열매는
풀밭에 서리발이 단단해져 오면
산딸기 열매처럼
툭-툭 떨어져 터진다!
…… (중략) ……
가여울 만치 연약한 조국의
안쓰러운 대지에 터지며
뜨거운 내 온 마음의 날개를
그리스도의 손바닥, 발끝처럼

쾅쾅 십자가에 못 박는다!

  - 낙타처럼 울 수 있음에(부분)

　화자의 눈물은 오랜 시간 숙성되어 열매로 변한다. 열매는 자신의 영혼과 다름없는 조국의 대지에 떨어지고, 결실로 이어지지 못한 눈물은 시적 화자를 십자가에 목 박게 한다. 십자가에 못 박힌 예수처럼 조국을 위해 자신을 내어주겠다는 비장한 마음의 탄식과 다르지 않다. 그의 눈물은 잠에서 깨어나지 못한 채 혼란 속에 있는 조국에 대한 슬픔, 발전과 성장에 대한 그릇된 인식에 대한 아픔의 결정체다. 그러나 하나의 혹성이자 세계인 시인의 눈물은 조국에 머무르지 않고 인류로 확장된다. 그는 인류에게는 발전이 아니라 '구원'이 필요하며, 발전은 발전을 멈추는 데서 시작된다고 말한다. 불을 발견한 것도 도구를 사용하게 된 것도, 자연 자원을 마음대로 이용하게 된 것도 잘못된 것이라 말한다. 발전이나 편리가 인간 내면의 눈을 멀게 하고, 확대된 욕망은 큰 파국을 맞게 될 것이라는 것. 기술발전, 자연생태계 파괴, 물질 제일주의가 갖는 인간성 상실 등은 자신에게 그 대가가 돌아오기 때문이다. 그는 "인류를 사랑하기에 나는 참으로 많이 운다. 눈물을 마르게 하려고 글을 쓴다."라고 말한다. 그가 실제로 벌인 '1인 운동'은 잠든 영혼들을 깨우고자 하는 실천적 외침이다. 그는 인류의 삶은 시간이 갈수록 나빠져 왔고, 급기야 위험의 소용돌이로 빨려들고 있다고 안타까워하며, 창조적 정신을 가진 새로운 존재 회복의 필요성을 역설한다.

그에게 구원은 인간 내면의 변화, 보이지 않는 진실에 대한 지각, 만물에 대한 감수성을 회복하는 것이다. 자연만물을 살아 있는 신성한 존재로 여기고 너와 내가 분리되지 않는 일체성, 대상에 대한 감수성 그것이 인간의 이기성과 폭력성을 극복하는 구원의 한 심성이 될 수 있다고 본다. 그러기에 눈물 많은 시적 화자는 주변 만물의 변화와 아픔에 함께 고통스러워한다.

봄에
새로 돋은 풀이 향기를 발할 즈음
늙은 암소가 힘겨워 쓰러질 때마다 나는 죽는다!
차가운 한풍이 사납게 울부짖고
어린 나무들이 뿌리째 뽑혀 쓰러질 때마다
나는 죽는다!
…… (중략) ……
한 번의 생에 여러 번 죽은 것은
내게 모든 것 가운데 가장 어려운 일!
이보다 더 어려운 것은

한 번의 생에

오직 한 번 죽는 사람들과

날마다 함께 살아가는 일!

- 한 번의 생에 여러 번 죽는다(부분)

그의 시의 시적화자들은 자연만물의 고통과 아픔의 소리
를 민감하게 듣는 깨어 있는 존재들이다. 초원생활은 서로의
고통을 더 잘 감지할 수 있는 열린 공간이라는 점에서 화자의
죽음은 자연성에 가깝다. 그러나 시인은 세상에 대한 연민으
로 눈물만 흘리는 것은 아니다. 그는 "보이지 않는 신 같은/
인간 삶에/ 늘 '존재하지 않을 것' 같은/ 새로움이 있다!"고
말한다. 신성을 간직한 인간 삶에 생명력으로 움트는 창조적
새로움, 놀라운 신비가 있기에 우리 삶은 그리 비관적이지 않
은지도 모른다. 세상을 향한 시인의 노래와 절규는 이러한 새
로움의 향연을 함께 누리고자 하는 외침이요, 존재의 신비에
무감각하고 몽매한 정신을 깨우고자 하는 두들김이다.
　시인은 다원주의자라는 말을 들을 정도로 폭넓은 종교, 사
상의 지식과 창작방법론을 보여주지만 자연만물을 살아 있
는 생명으로 보는 그의 시에는 가장 몽골적이고 자연친화적
인 서정이 주조를 이루며, 이는 관조와 깨달음의 세계로 확
대된다. 끝없이 펼쳐진 초원에서 가축을 치며 살아가는 유목

민의 자연생태적인 유전적 특질이 그의 시 곳곳에 깊이 숨쉬며, 시어 속에 흡수되어 있다. 그의 시에 빈번히 등장하는 말, 낙타, 소, 두루미, 매, 종달새, 나비, 초원의 풀, 나무, 해와 물 등은 모두 깨달음과 성찰의 객관적 상관물들이다. 때로는 시인 자신이 두루미나 새가 되기도 하고, 자연이 시인이 되기도 하면서 상호 교감의 큰 울림을 던져준다.

매에게 쫓기는 새끼 종달새가
쐐기풀 아래로 숨어드는 소리에
태양을 어깨에 걸머진 소리 없는 많은 산들이
가을 나래새처럼 고개를 숙인다
-고향의 산들(전문)

산은 시인 자신의 메타포로, 산들이 위기에 처한 작은 새에게 연민을 갖듯 시적 화자는 자연만물, 인류의 아픔에 공감하며 몸을 기울인다. 시인은 자연물과 그 현상의 관조를 통해 깨달음과 교감의 파동을 넓히고, 자연물과의 대화를 통해 닫쳐진 세계를 열어간다.

새 한 마리가 기둥 위를 맴돈다.
무슨 일일까

거북이가 기어가듯 한참을 맴돈다…
웬일인지, 말은
물 먹는 것도 잊은 채
　　제 마른 재갈을 갉으며 깊은 생각에 잠겨
산꼭대기를 슬프게 응시한다…

새 한 마리가 기둥을 맴돈다…
새가 홀로 기둥을 맴도는 것은
땅에 자신의 날개를 잃어버렸기 때문…, 가엾게도
하루 종일 찾을 것만 같다.
애처로이 바라보며 함께 날고 싶어 하는 듯…
- 말에게 물을 먹이다(부분)

　가축을 가족으로 여기며 살아가는 몽골 유목민에게 말은 그들의 생명과 같다. 말은 인간 이상의 영물로 하늘에서 내려온 천상의 존재요, 몽골 남성들에게 정기를 일깨워주는 남성의 반려이다. 말이 없는 몽골 삶은 생각할 수 없으며, 몽골인의 물질적, 정신적 삶에 말은 절대적 중요성을 갖는다. 고대로부터 몽골인들은 말에 대한 특별한 신앙을 지켜왔으며, 경주마가 죽으면 그 머리를 높은 산 오보 위에 아니면 신성목에 올려놓기도 한다. 몽골 영웅서사시에 등장하는 말은 인간의 언어로 장수와 대화하며, 그를 진정한 영웅으로 만드는 용기와 지혜의 화신이다. 말과 더불어 살아가는 목자들은 말의 표정과 몸짓을 이해하고, 그 움직임의 의미를 듣는다. 이 시에서 말은 기둥 위에 도는 새를 보며 새의 아픔에 깊이 동화되는 모습을 보여준다. 새에 감응되어 있던 말은 휘파람을 불며 말의 뱃대끈을 풀던 시적화자를 응시하며 인간의 무심함에 거친 울음소리로 일갈한다. 끝없는 초원 위에 살아 있는 풍경화처럼 펼쳐지는 말의 행위는 인간 내면의 성찰을 촉구하며 우리의 마음을 흔들어 깨운다. 또 시적화자들은 자연의 어떤 존재에게도 말을 걸고 그들과 교감한다.

> 나뭇잎의 아우성은 너의 말인가, 바람의 말인가?
> 가을의, 마음을 술렁이는 고요는 너의 침묵인가,
>   자취가 끊어진 새들이 남겨놓은 여운인가?
> 두 살배기 낙타털 같은 가을 빛깔은 너의 색인가
>   서늘한 비의 색인가?
> 너는 고통을 아는 사려 깊은 사람처럼 말이 없다
> -나무(부분)

몽골 유목민들은 산과 물, 대지, 하늘 등 모든 자연만물에 모두 주인 곧 신(신령)이 존재하며, 인간은 자연을 존중함으로

써 신의 가호를 받고 지상의 평안한 삶을 영위한다고 믿는다. 다시 말해, 자연만물은 살아 있으며 분명한 정도로 인간에게 영향을 미치고 영향을 받는다는 것이다. 그러기에 시인은 자연물과의 교감을 통해 그들의 말을 듣고 깨달음과 새로운 생명력을 얻는다. 「몽골의 돌」이라는 소박해 보이는 시는 이러한 배경에서 태어났다.

소똥 같이 푸른 돌…
이 돌은-시간보다 오랜 돌!

빛처럼 환한 돌…
이 돌은-신보다 흠 없는 돌!

눈물처럼 말 없는 돌…
이 돌은-언어보다 진실한 돌!

아이의 숨결처럼 사랑스런 돌…
이 돌은-아들의 숨골보다 여린 돌!

인간의 머리처럼 값진 돌!
이 돌은-몽골의 돌!
-몽골의 돌(전문)

몽골인들은 돌에 대한 특별한 정서를 가지고 있다. 정서라기보다 신앙이라 해야 옳을 것이다. 몽골인들은 돌 하나에도 생명과 마음이 있다고 생각하고 "산에서 돌을 가져오는 것은 말할 것도 없고, 발에 걸리는 돌도 차지 않으며, 구르는 돌은 3년 동안 자기 자리를 찾지 못한다."고 말한다. 또 먼 곳에 갈 때 고향의 돌을 가져가는 습속이 있는데, 자기가 살던 곳의 돌이 먼 길을 가는 동안 자신을 지켜준다고 믿기 때문이다. 몽골인의 돌에 대한 정서를 모르면 이 시의 깊은 의미를 잘 맛볼 수 없다. 이 시에 등장하는 돌에 대한 한 흥미로운 일화가 있는데, 어느 날 시인의 지인이었던 데. 라수렌이 자신의 여름집 뒤쪽 터를 가리키며 "자네 같이 고집 세고 혼자 있기 좋아하는 사람에게 이곳이 마음에 들 것 같으이. 한 번 가보세."라고 한다. 그는 그곳에 있던 자그마한 바윗돌이 매우 마음에 들어 그곳에서 여름을 지내면서, 종종 아이의 뺨을 어루만지듯 돌을 쓰다듬곤 했다고 한다. 태양을 비추면 미지근해지는 그 바윗돌에 기대 생각도 하고 명상도 하면서 앉아 있으면 마음이 새로이 깨어나는 것 같았다고 한다. 그는 그 바윗돌을 '신성 바위'라 불렀는데, 이 시는 바로 그 바위가 자신에게 말해준 시라 한다. 다시 말해 이 시는 시인 자신이 쓴 것이 아니라 자신을 통해 바위가 쓴 것이라는 말이다. 몽골의 전통적인 2행시로 되어 있는 간결한 이 시에는 돌에 대한 애정을 넘어 민족적 정서가 깊이 배어 있다. '소똥 같이 푸른 돌'에서 일견 이상한 비유로 생각되는 소똥은 오랜 세월 몽골 유목민들의 삶을 지켜온 매우 소중한 땔감이다. 불을 제공하는 소똥은 어찌 보면 몽골인의 삶의 역사와 함께 해왔다고도 해도 지나치지 않는다. 신보다 흠 없고, 언어보다 진실한 돌은 조국의 등가물로 시인을 흡사히 닮은 듯 느껴지는 것은 무슨 이유일까.

시인은 돌과 같이 흔들림 없는 진실을 추구하며 자유를 찾아가는 존재로, 그의 시에서 시인 내지 시의 영감은 자주 새로 비유된다. 민중 나아가 인류에 대한 사랑이 자신을 인간으로 만든다고 한 노 시인의 자유와 사랑은 새로 날며 늘 언어에 깃든다.

오래고 오랜 옛날로부터

그곳에서 이리로 날아왔다가

다시 또

이곳에서 그곳으로 날아간

돌고 돌면서

수레바퀴처럼 둥근 날개가 자란

새 아닌 새!

-날아간 새는…, 새 아닌 새(부분)

새는 가없은 인간을 향한 사랑으로 이 세상의 연을 끊지 못하고 억겁의 세월을 다시, 다시 날아오는 새 아닌 새요, 스스로 좋아서 언어의 그물에 걸린 새이다. 시의 영감이자 자유의 메타포인 새는 아무 때나 날아오는 것은 아니다. 그 새는 고요 속에서 찾아와 마음에 알을 낳는다. 그의 시 속의 묵언, 침묵, 고요는 언어가 끊어진 자리이면서 동시에 새로운 언어가 시작되는 지점이다.

구름 모양처럼 일정하지 않은
순간 스쳐가는 시의 귀로
하늘도 하늘보다 아끼는 고요의 소리를
바다 폭풍 가운데서도 이따금씩 듣는다
-밤(부분)

고요가 없는 세상에서 시는 마르고 균열된다. 그래서 시인은 운율이 말라 고통스러워하는 이들에게 "소리가 끊어지는 침묵의 말을/ 내 너의 귀에 분명 들려주리니!"라고 말한다. 그의 시 속의 묵언의 새, 침묵의 나무는 모두 삶의 본질을 드러내주는 시니피앙이요, 그의 언어 속에 들어와 스스로 시가 되는 존재들이다. 그의 시의 또 하나의 특징은 세상을 비틀어 봄으로 진실과 거짓, 드러나고 드러나지 않은 것에 대한 새로운 성찰을 이끈다는 점이다. 틀어보기는 보이지 않는 것을 보고, 드러나지 않은 비밀스런 삶의 진실을 열어가는 한 방법이다.

> 횃불 같은 누런 태양이
> 세상을 따뜻하게 하는 것은
> 거짓일지도 모른다
> 연꽃 같은 세상이
> 태양을 도는 것은
> 거짓일지도 모른다
> 모든 것은 옳은 것이
> 그릇된 것일지도 모른다
> -회의(부분)

세상에는 가장 사실 같은 것이 가장 거짓일 수 있으며, 진리가 실은 지배논리로 만들어낸 기득권자들의 도그마였던 경우를 우리는 오랜 역사를 통해 알게 된다. 속이지도 않지만 속지도 않는 그는 "왠지 내 눈은/ 무엇에도 속아주지 않고/ 왠지 내 마음은/ 머리 위로 날갯짓해주지 않는다."고 말한다. 그래서 그는 집을 떠나 스스로 머리 위에 빛나는 천체, 사랑, 행복, 삶의 쟁투 등의 삶의 길을 경험하며, 모두 구부러져 있음을 알고 집으로 돌아온다. 그리고 모든 것이 구부러져 있어도 자신이 목적한 길은 언제나 곧은 길이였음을 깨닫는다. 그러나 굽은 길과 곧은 길은 하나의 길이면서 둘이고 둘이면서 하나이다. 시인은 세상 이치를 양면성으로 보며, 삶의 비밀에 대해 행복은 고난과 시험 속에 있으며, 좋은 것은 좋지 않은 것에 숨어 있고, 우리에게 필요한 것은 어려움 속에서 만들어진다고 말한다. 진실은 현상으로 보이는 그대로가 아니며, 흘러가고 변하는 것이기에 그 사물의 본질을 현상으로 규정할 수 없다. 그래서 시인은 "산이 아무리 짙푸르러도 그만큼 거짓"이라 언명한다. 그러나 세상은 산이 푸르다고 말하고 구름이 희다고 말한다. 이렇게 견고한 믿음에 길들여진 세상에 그는 "하늘 위로/ 애타게 뻗친 황망한 손 같은 나의 언어가/ 자주 진실을 잊어버리는 많은 이의 기억 속에서/ 오늘은 즐거움처럼 빠르게 지나가도, 후에/ 고통처럼 영원히 기억되어 남기를!" 기원한다. 아무리 말해도 변하지 않는 세상을 보고 그는 자신의 언어의 미약함에 스스로를 부끄러워한다.

스스로를 부끄러워하며

다시… 다시

알려지지 않는, 보이지 않는 '나'를 창조한다!

말없이 붉은 얼굴을 한참 뚫어지게 응시하며

예전의 것보다 더 새로운 언어를

피부 깊이 깊이 새겨 넣는다!

다시… 꿈꾸고 싶지 않은 많은 기억들을 태운다!

다시 태어나고…

아주 높은 곳에서 어머니에게 내려와

다시, 다시 태어난다

아주 멀고 높은 곳에서 떨어져 내리려 다시 길을 떠난다!

  – 자괴(自愧) 부분

　시인은 우리 모두 순수한 영혼이 되기를 갈망하지만 현실은 늘 어둡기에 세상을 탓하기보다 세상에 기억되지 못하는 자신의 언어를 그리고 스스로를 부끄러워하며 자신을 다시 창조하고, 새로운 언어를 새기고 새겨 스스로 부끄럽지 않을 때까지 다시, 다시 태어나는 구도의 길을 가고자 한다.

제1회 아시아문학상 수상자 발표

몽골의 시인 우리앙카이
제1회 아시아문학상 수상

제1회 아시아문학페스티벌 조직위원회와 국립아시아문화전당은 제1회 아시아문학상 수상작가로 몽골의 시인 우리 앙카이를 선정하였다. 우리앙카이는 1940년에 태어나 1977부터 활동한 몽골의 시인으로 "몽골 문학에 직관과 통 찰의 영토를 개척했다"는 평을 받는다. 심사위원회는 담딘수렌 우리앙카이가 "급격한 변화의 물결 속에서도 전통과 현대를 잃지 않고 장년의 지혜와 청년의 열정을 놓지 않았다"고 수상이유를 밝혔다. 상금은 2000만 원이며, 시상식은 아시아문학페스티벌 본 행사 시간에 갖는다.

아시아문학상은 아시아 작가들을 미학적 교섭이 가능한 공동의 장(場)으로 불러내기 위해 제정되었다. 아시아문학상은 아시아 각국의 '숨은 거장'들을 찾아내어 인류의 독서시장에 제출하는 역할을 할 예정이다.

<아시아문학상 제정 취지문>

문화는 우리가 사는 마을처럼 한 집에서 불이 나면 모든 지붕들이 위험에 놓인다. 변화된 세계는 무엇보다도 아시아의 작가들이 세계시장경제체제의 오지에서 활동하고 있다는 사실을 확인시킨다. 지구촌 모두가 세계시장경제에 흡수된 상황에서 오지의 작가들이 세계 자유무역주의가 발휘하는 가공할 힘 앞에서 느끼는 무력감은 크다. 시장이 작은 곳에서 는 브랜드 가치가 절대성을 갖지 않지만, 시장이 커지면 반드시 브랜드에 의한 지배현상이 생긴다. 이 현상은 노골적인 상업주의적 경향을 만연시켜 오늘날 문학의 진정성을 해체시키는 주범으로서 금세기 미학을 변질시키는 가장 결정적 인 요인이 되고 있다. 지상의 모든 문학이 자기 지역의 맥락과 현실의 관계망 속에서만 문제의식을 구성할 뿐 가장 가까 이에 있는 '자기'와 '타자'의 관계를 동시적인 운명으로 받아들이지 못하고 있는 상황에서 아시아 문학정신들의 만남은 새로운 미학적 열정을 만들어낼 수 있다. 우리는 아시아의 작가들이 남을 흉내 내지 않고도, 자신의 언어로 소통의 국경 을 넘는 모범을 만들고자 한다. 아시아문학상은 아시아 출신 작가의 영광을 위해서 제정되는 것이 아니라 아시아 문학 의 미학적 지평을 높이는데 기여한 작품을 기념하기 위해서 제정되었다.

수상작가 선정 이유

담딘수렌 우리앙카이는 유라시아 대륙에서 유목민 감수성에 현대적 사유를 얹은 작가이자, 몽골 문학에 직관과 통찰의 영토를 개척한 시인이다. 우리앙카이의 작품들은 사회주의체제가 해체된 후 급격한 변화의 몸살을 앓는 장소에서 전통과 현대, 장년의 지혜와 청년의 열정을 놓지 않으며, 현대 몽골의 영혼이 여러 언어의 경계를 넘어설 수 있는 보편성을 획득했다. 문학정신을 끌고 가는 작가적 태도도 대중적 영향보다 현자의 고독을 지향한 흔적이 역력하다. 심사위원회는 담딘수렌 우리앙카이가 작품과 삶에서 공히 오늘의 아시아 작가들에게 귀감이 된다고 판단되어 제1회 아시아문학상 수상작가로 선정한다.

수상작가 소개

담딘수렌 우리앙카이는 1940년 몽골에서 태어났다. 1959년에서 1964년까지 러시아 모스크바에서 경제학을 공부하고 돌아와 국가공무원을 지냈다. 1977년부터 고리키문학연구소에서 고등교육 과정을 밟으며, 시, 소설, 희곡, 에세이 등 다양한 방면의 글쓰기를 해왔다. 담딘수렌 우리앙카이는 13세기 유라시아 고원에서 두각을 드러낸 부족의 이름을 자신의 필명으로 삼고, 동서고금의 철학과 종교에 편견을 갖지 않은 인문학자로서, 급격한 변화의 물결이 쓸고 가는 사회에서 전통과 현대를 잃지 않고, 장년의 지혜와 젊음의 문화를 함께 누리는 '열린 지식인상(像)'을 지켜왔다. 그는 대중을 열광시키기보다 후학들에게 존경받고 비평가들에게 압도적 지지를 받는 '몽골 대표 시인'으로 꼽힌다.

Damdinsuren Uriankhai
담딘수렌 우리앙카이

증언

나는 우주 속에서 혼자도 여럿도 아니다
나는 하늘 아래 영원하지도 일시적이지도 않다
인간뿐 아니라 돌들도 회색으로 자라나는 이 세상 속에
나는 발가벗겨져, 열망으로 스스로를 감싸며 이 추위를 견디고 있다.

나의 숨겨진 사랑은 내가 한 실수들만큼이나 뚜렷하게 보인다
내 눈물과 미소들은 진실한 만큼 뚜렷하게 보인다
우울함이 숲 속 안개처럼 나를 감싼다 할지라도
밤이 되면 나는 태양을 내 이마의 주름 속에 쉬게 한다
하늘을 나는 새들이 스스로 깃털을 뽑을 때
나는 잠을 자지 않고, 연민의 불길 속에 내 영혼을 태운다.
슬픔의 시간에 친구를 잃어버린 흔적은
출발 선상에 선 경주마처럼 내 가슴에서 뛰쳐나온다

외로움에 낙심하고, 군중 속에 고아가 되어도
나는 여전히 늦가을의 도약처럼 갈망 아래에 피신한다.
삭사울*의 뿌리 같은 돌에 맞아 내 사랑이 짓이겨진다 해도
나는 길 위에서 돌아가지 않고 여전히 내 사람들을 위해 싸울 것이다.

거짓된 홀림 속에 그녀가 미쳐버릴까 불안한 마음
그녀의 벗겨진 몸을 태우는 고통스러운 불길로도 따뜻해지지 않는 추위를 견디며
방랑하는 시구절의 결정체에 내 슬픔을 비워낸다
마치 흐릿함 속에 울려퍼지는 버려진 종소리처럼

어렸을 때부터, 바람 같은 휘파람을 불며
산골짜기의 잡초와 덤불을 연민으로 바라보곤 했었다.
갈망의 달콤함 속에 적셔진 감미로운 사색을 통해
나의 머리는 아르테미시아의 머리처럼 회색이 되었다

나는 우주 속에서 혼자도 여럿도 아니다
나는 하늘 아래 영원하지도 일시적이지도 않다
살아 있는 것도 죽어 있는 것도 모두 썩어가는 이 세상 속에
짧은 운명의 한 순간이 되기에, 나는 운이 좋지도, 운이 안 좋지도 않다.

* 삭사울(Saksaul) : 무엽수의 일종, 대개 '사막의 나무'로 불린다.

옮긴이 **이안나**

몽골 구비문학과 문화를 연구해오고 있으며, 번역가, 한국외대 강사로 있다. 저서로 『몽골 영웅서사시의 통섭적 연구』 『몽골 민간신앙 연구』 『몽골의 생활과 전통』 등이 있으며, 역시집으로 『한 줄도 나는 베끼지 않았다』(바오긴 락그와수렌) 『나뭇잎이 나를 잎사귀라 생각할 때까지』(일. 을지터그스) 『몽골 현대시선집』, 소설 역서로 『샤먼의 전설』 『눈의 전설』 『칭기스칸 영웅기』 외에 『몽골의 설화』 등이 있다.

낙타처럼 울 수 있음에

2018년 11월 5일 초판 1쇄 펴냄

지은이 담딘수렌 우리앙카이 | **옮긴이** 이안나 | **펴낸이** 김재범
편집장 김형욱 | **편집** 강민영 | **디자인** 나루기획 | **관리** 강초민, 홍희표
인쇄·제본 굿에그커뮤니케이션 | **종이** 한솔 PNS

펴낸곳 (주)아시아 | **출판등록** 2006년 1월 27일 | **등록번호** 제406-2006-000004호
전화 02-821-5055 | **팩스** 02-821-5057
주소 경기도 파주시 회동길 445(서울 사무소: 서울시 동작구 서달로 161-1 3층)
이메일 bookasia@hanmail.net | **홈페이지** www.bookasia.org
페이스북 www.facebook.com/asiapublishers

ISBN 979-11-5662-385-4 03830

* 값은 뒤표지에 표시되어 있습니다.

이 도서의 국립중앙도서관 출판시도서목록(CIP)은 서지정보유통지원시스템 홈페이지 (http://seoji.nl.go.kr)와 국가자료공동목록시스템(http://www.nl.go.kr/kolisnet)에서 이용하실 수 있습니다.(CIP제어번호: CIP2018033323)